AF311965

Pour les Grands

ET

les Petits

CHARLES RICHET

Pour les Grands

ET

les Petits

FABLES

Préface de M. SULLY PRUDHOMME
DE L'ACADÉMIE FRANÇAISE

PARIS

ANCIENNE MAISON QUANTIN

LIBRAIRIES-IMPRIMERIES RÉUNIES

MAY & MOTTEROZ, DIRECTEURS

7, rue Saint-Benoît

1891

PRÉFACE

Mon cher Ami,

Quand *j'ai reçu les épreuves du recueil de fables dont vous m'offriez gracieusement la primeur, j'ai hésité à en ouvrir l'enveloppe; je vous l'avoue sans embarras, car c'était un bon mouvement. Les rimeurs de profession ressentent, d'ordinaire, un plaisir peu généreux à surprendre en flagrant délit d'aspiration poétique les hommes de science que leurs travaux enchaînent au commerce de la réalité. Il semble que la Muse sourie avec perfidie à ces recrues insolites, comme une grande coquette*

s'amuse des soupirants austères égarés parmi les familiers de sa cour. Cet instinctif hommage des profanes à la déesse éveille chez ses prêtres une fierté maligne. Mais j'éprouvais un sentiment meilleur, une inquiétude compatissante : je craignais pour vous et pour la physiologie, dont la Faculté de Médecine vous a confié l'enseignement. Je savais trop par expérience les ravages que peut causer dans une honnête existence l'amour intempestif de la poésie. N'est-ce point cette fureur qui m'a fait, dès mes premiers pas dans le monde, déserter successivement plusieurs carrières sérieuses et, en dernier lieu, celle du notariat ? Songeant combien votre fidélité aux sciences qui combattent la mort est plus utile encore à l'espèce humaine que la persévérance d'un cinquième clerc à libeller des certificats de vie, j'ai frémi de votre imprudence.

Dieu merci ! mes alarmes n'étaient pas fondées. J'aperçus du premier coup d'œil la dédicace de vos vers, et je fus aussitôt rassuré. Vous n'improvisiez donc pas une vocation nouvelle en vous; vous ne faisiez que rendre à votre jeune fils, en vivants conseils, sous une forme sensible à son cœur, ce que vous aviez reçu de lui-même, car votre inspiration procédait de l'amour paternel. Si vos fables trahissaient l'inexpérience, c'était à l'enfant que vos *lecteurs devraient s'en prendre, et dès lors je ne craignais plus rien de leur sévérité pour votre ouvrage. Ah! quel crédit sans bornes je fis tout de suite à votre noviciat de versificateur ! mais j'en fus pour mes frais d'indulgence, comme j'en avais été pour mes frais de sollicitude. Je constatai, en effet, non sans quelque surprise, que votre vers, dans son allure familière, n'accuse aucune gêne sous le harnais de la règle; que la rime en est heureuse et docile aux exigences de la consonne d'appui. Je dus reconnaître que l'oreille du savant n'est pas nécessairement différente de celle du poëte, qu'elle en peut recéler tous les instincts. On ne s'étonne pas que le savant soit musicien; pourquoi s'étonnerait-on qu'il eût le sens de la métrique, dont l'oreille est l'organe ? Mais, à vrai dire, l'organe de notre art n'est pas l'oreille seule; la poésie, bien que son langage implique la mesure, ne relève pas uniquement de l'acoustique. Elle est proprement le verbe du cœur. A ce titre, elle emprunte à la pensée tout juste ce qu'il en faut pour en faire du rêve; la science demande à la pensée bien davantage; du moins tout autre chose. De là vient, sans doute, que le savant composera plus volontiers des fables que des élégies.*

La fable est un genre assez élastique pour satisfaire à tous les besoins de l'âme : la philosophie pratique y peut formuler ses aphorismes les plus dénués de poésie :

> *La raison du plus fort est toujours la meilleure.*

L'émotion dramatique y trouve des accents :

> *Le vent redouble ses efforts*
> *Et fait si bien qu'il déracine*
> *Celui de qui la tête au ciel était voisine*
> *Et dont les pieds touchaient à l'empire des morts.*

Les sentiments tendres y peuvent également trouver leur expression la plus délicate. Il faut convenir que La Fontaine n'a pas abusé de cette ressource pour les traduire. Même dans la délicieuse fable des Deux Pigeons, le bon souper et le bon gîte ne s'effacent pas devant le reste. Certes, il comprenait l'affection; il fut ami dévoué sans défaillance : les nymphes de Vaux en témoignent. Il ne fut pas moins ami confiant, et sa nature, peu propre au combat pour l'existence, le portait à l'être sans intermittence. « J'y allais. » Cette réponse à M. d'Hervart, qui lui offrait l'hospitalité de sa maison après la mort de Mme de la Sablière, est bien touchante. Néanmoins, dans cet échange de procédés amicaux, celui de La Fontaine n'est peut-être pas le plus digne d'encouragement. On lui pardonne de ne pas avoir été le modèle des époux et des pères : il était si bon homme! La bonhomie diffère notablement de la tendresse : c'est une aimable ouverture de cœur qui

*laisse entrer et sortir tout le monde un peu pêle-
mêle, bêtes et gens; elle était chez lui un distrait
abandon de soi-même et des siens. La domesticité
l'indigne, et l'effraye surtout, à cause de la disci-
pline, qui empêche la flânerie errante.* « Notre ennemi, c'est notre maître. » *Dans la fable du Loup
et du Chien, cette déclaration ne présage que vague-
ment celle des Droits de l'homme; l'indépendance
y est revendiquée plutôt que la liberté civique;
La Fontaine, de nos jours, oublierait probablement
de voter. Il s'est servi de la fable pour enseigner surtout aux hommes en société l'art de n'y être dupe ni
d'autrui ni de soi-même, l'art d'y vivre autant que
possible en repos, l'intérêt bien entendu. On ne sent
pas trace de charité chrétienne dans ses maximes,
qui sont plutôt des recettes que des préceptes. C'est
la morale vulgaire des Anciens, non pas celle
d'Épicure, mais encore moins celle de Zénon ou
d'Épictète. Ce n'est point la vôtre. Tout en dési-
rant armer votre enfant pour la vie sociale et le pré-
munir contre les pièges dont elle est semée, vous vous
montrez extrêmement soucieux de ne pas rétrécir son
âme, de ne pas sacrifier en lui la noblesse des penchants à la prudence de la conduite. On devine
dans vos principes votre éducation scientifique;
la recherche de la vérité pour elle-même, qui est la
condition du progrès dans la science, est aussi une*

admirable école de désintéressement et de virile constance.

Mais n'allez pas penser que je tente d'amoindrir La Fontaine pour diminuer la distance qui sépare vos fables des siennes; je veux seulement distinguer votre point de vue du sien. Je n'oserais même pas vous proposer sa langue pour modèle : on sait qu'elle est inimitable. D'autre part, son génie tout gaulois lui devient, en vieillissant, plus exclusivement personnel, à mesure que s'altèrent chez nous les qualités distinctives de notre race. Toutes les civilisations, en effet, tendent aujourd'hui à se pénétrer mutuellement; la cause en est dans la facilité croissante des communications et aussi dans l'influence prédominante de la science, qui n'a pas de patrie, sur l'esprit national. Chaque langue reflète visiblement cette influence ; chacune se décolore, se dessèche et perd ainsi de sa vertu poétique en exprimant des choses plus générales, les lois au lieu des faits particuliers. Un mot d'origine latine, par exemple, a été d'autant mieux assimilé par la nôtre, il est d'autant plus français qu'il désigne un objet plus usuel, plus concret; dès que son sens est généralisé, pour les besoins de la science, il retourne à sa forme latine et par là se dépoétise. Le vocabulaire de la médecine en fournirait de nombreux exemples. Rien n'est plus éloigné du langage de La Fontaine. *Le savant, en outre, est inconsciemment porté à substituer la définition à l'image, qui est par excellence la forme poétique. Mais, mieux que tout autre genre de poème, la fable peut s'accommoder de ce tour d'esprit; le langage figuré n'y est pas obligatoire, car elle est essentiellement un simple récit présentant aux hommes une leçon de conduite empruntée aux mœurs des bêtes. Ce qu'il y faut, c'est, par une invention ingénieuse et grâce au rythme approprié du discours, donner la vie et l'attrait à un enseignement.*

Aussi, pour y réussir, n'avez-vous eu qu'à changer de chaire sans rien changer à vos habitudes.

Bien cordialement à vous,

SULLY PRUDHOMME.

Mon fils, si par hasard quelque vieillard très vieux
Était un soir, par toi, rencontré sur ta route,
Penchant sa tête lasse, et portant en ses yeux
Les voiles précurseurs de l'ombre qu'il redoute,
Ne sois pas trop cruel pour sa faiblesse, enfant.
Il n'est pas généreux d'être aussi triomphant,
Et de passer, superbe et hautain, sans rien dire,
Sans faire au pauvre aïeul l'aumône d'un sourire.
Oui ! Ton aurore est belle et ton printemps en fleurs ;
Tout est nouveau, vivant, plein de joie et de charmes ;
Un papillon suffit pour dissiper tes pleurs,
Et tu ne connais pas l'amertume des larmes...
Mais lui, vois donc ces mains tremblantes, et ce front
Ridé par le souci de la misère humaine !
Il connaît la douleur, et le doute, et l'affront ;
Et le remords peut-être, à l'angoissante peine ;
Et les nuits sans sommeil, et les jours sans espoir ;
Et les écœurements des lâches servitudes ;

Et les êtres chéris qu'on ne peut plus revoir ;
Et les regrets, toujours plus poignants et plus rudes.
Mon fils ! sois bon pour lui ! La pitié, c'est beaucoup.
Beauté, vaillance, amour, jeunesse, ardente flamme,
Tous ces rayons divins du ciel ne sont pas tout ;
Il faut y mettre encore un peu de grandeur d'âme...
Et puis, être clément, c'est être sage aussi.
Ce vieillard qui chancelle et tremble, c'est ton frère,
Et ce spectacle affreux qui t'épouvante ici,
C'est le sort qui t'attend. Rien ne peut t'y soustraire.
Un jour, ainsi que lui, tu courberas le front,
Et quand, aux soirs d'été, menant joyeuse fête,
Les jeunes fous rieurs près de toi passeront,
Alors tu hocheras, morne, ta vieille tête.
A des déclins pareils tout être est condamné,
Marchant d'un pas fatal vers la froide vieillesse ;
Le temps, qui ronge tout, le ronge pièce à pièce,
Déjà presque un cadavre au moment qu'il est né.
La jeunesse et l'amour, c'est un rêve qui passe.
C'est un point dans le temps, comme un point dans l'espace.
Va ! Crois-moi ! C'est tenter la colère des cieux
Que d'être, ô mon cher fils, sans pitié pour les vieux.

I

LE CERF

Le cerf, un jour, dit à son père :
« Votre prudence m'exaspère ;
La nature vous a pourvu
De maintes armes menaçantes ;
Personne cependant ne vous a jamais vu
User contre les chiens de vos cornes puissantes.
Vous avez autant qu'eux l'adresse et la vigueur ;
Rien ne serait plus beau qu'une noble défense...
Moi, j'ai pour tout secours les armes de l'enfance ;
Mais je veux montrer mon grand cœur ;
Et, parmi les périls gardant une âme fière,
Résister vaillamment à la meute guerrière.
Sitôt que les éclats de leurs cruelles voix

Vont faire retentir le silence des bois,
Mon père, au nom des dieux, ne courez pas si vite,
Et prenez un parti moins sage que la fuite. »

Le vieux cerf ne répondit pas ;
Même il ne daigna point suspendre son repas,
Sachant que l'avenir, aux enseignements graves,
Apprend aux jeunes cerfs le secret d'être braves...
Mais voici que le cor lointain
A retenti dans la forêt profonde.
Le bruit se rapproche, et, soudain,
Paraît la meute furibonde,
Et les grands limiers roux aux rauques hurlements
Montrent leurs crocs aigus et leurs gueules sanglantes.
Ô terreur! ô spectacle hérissé d'épouvantes!
Adieu l'honneur! la gloire et les serments!
Devant l'effroyable poursuite
Notre présomptueux, emporté par la fuite,
En bondissant se précipite
A travers les monts et les bois...
« Çà, dit le père! assez, et reprenons haleine,
On n'entend plus aucune voix,
Nos ennemis sont dans la plaine,
Sans avoir éprouvé l'effort de ta vertu.
A ce qu'il me paraît, ton audace guerrière
Courait très fort dans la clairière!...
Eh bien! enfant, le croirais-tu?

A mon père, jadis, je parlais ton langage.
« Je suis loin, m'a-t-il dit, d'être un brave, en effet ;
Les chiens sont sans douceur ; les cerfs sont sans courage ;
Et chacun doit rester ce que le sort l'a fait. »

II

LA PERDRIX ET LE HIBOU.

Seigneur don Tristan le Hibou,
        Fatigué de vivre en ermite,
Voulut à la perdrix rendre un matin visite;
        Non sans peine il quitta son trou.
C'est dans un champ de blé que gîtait la donzelle.
        « Ah! vous voilà! compère, lui dit-elle;
A cet insigne honneur on ne s'attendait pas.
Voulez-vous partager mon champêtre repas?
        J'ai justement dans ma réserve
Quelques tas de vieux mil et des épis bien mûrs.

— Madame, grand merci, que le ciel vous conserve!
Mais ces repas de grains me sont fades et durs;
　　　Et votre lourd soleil me pèse.
　　Venez chez moi, vous y serez à l'aise :
　　　　Je vous invite pour demain. »
　　　　En partant, le long du chemin
　　　　Il pestait contre sa voisine,
　　　　Disant : « La maudite cuisine!
　　　　N'importe, je veux lui donner,
　　　Sans rancune, un meilleur dîner. »
Il rumina longtemps le menu dans sa tête;
　　　Et, dans un tronc d'arbre pourri,
　　　Lugubre et solitaire abri,
Il fit tous les apprêts d'une pompeuse fête.
La perdrix, dès l'abord, trouva l'antre un peu noir :
　　　« Hé! mon voisin, à l'ordinaire,
　　　Où mettez-vous le luminaire?...
Vraiment votre festin est difficile à voir.
　— Eh mais! dit le hibou, j'y vois clair sous ma tente,
Mettez-vous près de moi; prenez quelque repos;
Voici de bon gibier dont le parfum nous tente :
Deux souris, trois gros rats, quatre petits crapauds;
　　　J'espère qu'on sera contente? »
　　　L'autre sans souper repartit :
　　　Elle avait perdu l'appétit.

Un héron, qui pêchait par là sa nourriture,
　　　S'égaya fort de l'aventure.

« Restons, dit-il, chacun chez nous ;
Gardons modestement nos goûts,
Ne critiquons pas ceux des autres,
On saura respecter les nôtres. »

III

LES DEUX MARINS.

Ils étaient deux marins, l'un jeune et l'autre vieux,
Qui fondaient sur les flots des projets merveilleux,
Et leurs regards fouillaient au loin la mer profonde.
Ils se voyaient déjà maîtres de tout un monde,
        Possesseurs d'un riche trésor :
    Perles, rubis, diamants, mines d'or.
Le premier dit : « Ma foi, je tente l'aventure,
        Un vent favorable paraît,
J'entends son souffle heureux vibrer dans la mâture.
Mes hommes sont dispos, et mon navire prêt ;
Je pars : je me confie à mon heureuse étoile.
        Adieu! je vais mettre à la voile. »
L'autre lui dit : « Craignez la mauvaise saison.
        Voyez là-bas, à l'horizon,

            Cette fine et sombre nuée;
La lune cette nuit avait l'aspect changeant,
Et je voyais flotter une pâle buée
            Autour de son disque d'argent.
J'ai navigué beaucoup, j'ai vu plus d'un orage;
Modérez les ardeurs d'un imprudent courage.
            Ce ciel brumeux est inclément :
            Si vous partez en ce moment,
            Vous allez tout droit au naufrage. »
Le jeune homme pensa : « Vraiment, le pauvre vieux,
            Il radote avec sa science!
            Ma force et mon talent font mieux
            Que son antique expérience.
D'ailleurs rien n'obscurcit la pureté des cieux,
            Et sa prophétie importune
Ne m'empêchera pas de suivre ma fortune... »

Il partit : le vieillard avait prédit son sort.
Jamais le beau vaisseau ne put toucher le port,
La mer en quelque endroit pour lui s'est entr'ouverte,
Et les flots ont gardé le secret de sa perte.

            Ah! jeunes gens au cœur léger,
            Vous ne verrez les jours prospères,
            Que si les leçons de vos pères
            Vous avertissent du danger.

Et l'autre, le vieillard, l'homme d'expérience?...
            Eh bien! il attendait toujours.

Rien ne lassait sa patience.
L'irréparable temps marche et poursuit son cours ;
Mais chaque aurore amène une crainte nouvelle,
        Danger nouveau qui se révèle :
        Ce sont les sinistres Autans ;
Les rudes Aquilons sur les flots inconstants ;
La mer est trop tranquille ; espérons quelque brise ;
        N'abandonnons rien au hasard.
        Enfin il fixe le départ.
    Tout lui sourit et tout le favorise.
        De vivres prudemment pourvu
Le navire a marché selon l'ordre prévu.
Après quatre longs mois on aperçoit la terre :
Notre homme touche au but qu'il avait tant rêvé.
A lui tous les trésors de l'île solitaire !
        Et son espoir est achevé...

Et maintenant, vieillard, va compter ta richesse !
Entasse ton bonheur sur tes genoux tremblants,
Goûte les fruits moisis de ta lente vieillesse,
        Mets des fleurs dans tes cheveux blancs.
        Tu fus prudent, tu fus habile,
        Mais un bâton soutient tes pas,
Et tu portes déjà, triomphateur débile,
Sur ton front ravagé la marque du trépas.
Pourquoi ce dur travail, cette rude souffrance,
A rêver chaque jour quelque destin plus beau,
Si le suprême but de ta longue espérance
        Est de t'approcher du tombeau ?

Le jeune téméraire, en sa folle entreprise,
Ne suit pas les leçons du vieillard qu'il méprise;
Mais, quand il devient sage à son tour, et vieillard,
Les temps sont accomplis, et le fruit vient trop tard.

IV

LE LAPIN ET LE SAVANT

Jeannot lapin, l'infortuné,
Au logis d'un savant fut un jour amené.
    Ces savants ont une âme dure,
    Ils se plaisent dans la torture
    De maint animal innocent,
Espérant arracher à la mère Nature
    Quelque secret au prix du sang.
    Donc notre savant détestable
    Mit Jeannot lapin sur sa table;
    Mais Jeannot lapin résistait.
    Secouant sa tête meurtrie,
    En des soubresauts de furie,
    Comme un démon il s'agitait.
« Indocile animal, stupide créature,

Dit le professeur irrité,
Pour une méchante piqûre,
C'est bien du bruit, en vérité!
Tu fais preuve à mes yeux d'une ignorance extrême;
Car, si je m'occupais de toi,
C'était pour éclaircir un superbe problème;
C'était pour résoudre une loi,
Qui, si tu comprenais, t'éblouirait toi-même.
Je sais que ce raisonnement
Dépasse de beaucoup ton humble sapience;
Mais laisse-moi tranquillement
Poursuivre mon expérience.
Je vais, près de ton cœur, enfoncer mes ciseaux.
La tentative est délicate :
J'enlève ces deux petits os,
Et c'est fini, foi d'Hippocrate.
Quand le succès n'est pas douteux,
Souffrir un peu, c'est peu de chose;
Songe que tu soutiens une sublime cause,
Et que notre gloire à tous deux
Sur ton seul courage repose.
N'es-tu pas mieux pourvu que tes aïeux obscurs?
Pour quelques moments un peu durs,
Pauvres inconnus que nous sommes,
On nous célébrera dans les âges futurs
Comme les bienfaiteurs des lapins et des hommes. »
A ce discours rempli d'appas,
Le lapin ne répondit pas.
Il se démena de plus belle,

Si bien que, le trouvant à ses projets rebelle,
   L'opérateur dut le laisser partir.

Hélas! Jeannot lapin eut à s'en repentir;
Car il vécut longtemps, mais il vécut sans gloire.
    Un chou fut son histoire.

    Petit peuple, menu fretin,
    C'est pour vous que j'ai fait ce conte;
    Suivez l'exemple du lapin,
    Vous y trouverez votre compte.
    N'écoutez pas les potentats,
    Puissants conducteurs des États,
    Qui vous rebattent les oreilles
    De la gloire et de ses merveilles,
Faisant luire à vos yeux, pour la postérité,
L'espoir d'un vain éclat, chèrement mérité.
Gens de peu, gens de rien, ne soyez pas si bêtes!
Laissez les empereurs faire seuls leurs conquêtes,
Et sachez, restant sourds aux clairons des tyrans,
Que le sang des petits fait la gloire des grands.

V

LE RENARD JUGE.

Pris d'un accès de repentance,
Certain renard, devenu vieux,
Voulut se faire une existence
De juge intègre et vertueux.
— L'aventure est commune, et j'ai vu plus d'un drôle
Changer sur ses vieux jours de visage et de rôle. —
Bref, voilà notre pénitent
Qui court à la ville voisine.
Ce fut l'affaire d'un instant
Que d'emprunter la toque avec l'hermine.
Le costume, après tout, ne l'habillait pas mal.
On juge des gens à la mine,
Et les plaideurs, au tribunal,
Ne lui trouvaient rien d'anormal.

D'ailleurs, en sa tenue austère,
Sous sa robe rouge abrité,
Sachant parler, sachant se taire,
Pour son auguste ministère
Il imposait l'autorité.
Survint un villageois qui présenta sa cause :
« Mon président, voici la chose :
C'est ce brigand, ce scélérat.
Assassin, voleur, misérable,
Monstre pervers autant qu'ingrat,
Confesse ton crime exécrable ! »
Or c'était un simple mouton
Qu'il apostrophait de ce ton,
Et qu'il traînait dans le prétoire
Afin d'indigner l'auditoire.
« Tout beau, dit le juge ébahi,
Contez-nous les détails de ce crime inouï!
— Si je mens d'un seul mot, mon juge, que je meure.
J'avais, dans mon humble demeure,
Cinq poules, mon unique bien,
Tout mon trésor, tout mon soutien,
Et ce monstre était leur gardien.
Donc, en mon poulailler, ce matin, à l'aurore,
J'entre, sommeillant à demi,
Et que vois-je?... j'en tremble encore...,
Ce lâche assassin endormi.
Et mes poules, hélas! mes poules, égorgées !
Pour satisfaire à ses désirs gloutons
Ce tigre les avait mangées.

Mais, par le Styx! elles seront vengées!
Et c'est pourquoi, mon juge, nous comptons
　　Sur votre éclatante justice.
　　Que votre loi s'appesantisse
　　Sur le plus méchant des moutons!
—Ô Ciel! dit le mouton, moi, me croire coupable!
D'un pareil attentat ma race est incapable!
J'en atteste les dieux! je suis un innocent!
Égorger les oiseaux n'est pas dans ma nature.
　　Cela se voit sur ma figure.
Ces poules, dont on croit que j'ai versé le sang,
　　Étaient mes compagnes fidèles,
　　J'avais de l'amitié pour elles.
　　Traîtreusement, pendant la nuit,
　　Dans le poulailler de mon maître
Un assassin, quelque ennemi peut-être,
　　Par la grille s'est introduit,
　　Et je ne sais vraiment pas comme
　　J'ai dormi d'un excellent somme,
　　Sans entendre le moindre bruit.
Mon cœur est pur, et mon âme est honnête,
　　Prenez mon sang, prenez ma tête,
　　Mais vous aurez exécuté
　　Une effroyable iniquité.
—Voilà, dit le renard, un procès difficile!
　　Toute la nuit dormir tranquille,
　　Avec des poulets près de soi,
　　Et n'y toucher d'aucune sorte!
　　La tentation est trop forte;

Oui! plus j'y songe, et plus je m'aperçoi
Qu'on ne résiste pas à ce péril extrême.
Vraiment, j'eusse faibli moi-même...
Allons, le cas est entendu!
Assassin! vous serez pendu.»

Près des méchants ne cherchez nul refuge;
La justice dépend du juge.

VI

LES DEUX NIDS

Au sein d'une forêt riante
Certain ménage de pinsons
Menait sa vie insouciante
Dans les fêtes et les chansons.
Ce n'étaient que concerts, ce n'étaient qu'algarades,
Arpèges, trilles, sérénades,
Chants d'allégresse et bruyantes aubades.
Le printemps leur faisait ces amoureux loisirs ..
Mais tout finit, hélas! et surtout les plaisirs...
Donc il faut se mettre à l'ouvrage;
Et nos amis, pleins de courage,
Se font ouvriers et maçons,
Fouillant partout dans la charmille,
A la manière des pinsons,

Unissant brindille à brindille.
Enfin le nid est achevé;
Si parfait, si charmant, qu'à sa progéniture
Procné même n'eût pas rêvé
Aussi savante architecture.

Non loin de nos deux travailleurs
Un couple de moineaux, sceptiques et railleurs,
Osait blâmer l'élégant édifice.
« A quoi bon semblable souci?
Un nid tout rond! Belle malice!
Nous aurions fait le nôtre ainsi,
Si nous avions voulu mettre autant d'artifice.
Il nous a suffi d'un instant
Et de deux ou trois brins de paille,
Pour abriter notre marmaille
Dans un logis très résistant. »
Aussi, plongés dans la paresse,
Des plus saints devoirs oublieux,
Nos deux fripons faisaient liesse.
Mais ils avaient compté sans le courroux des cieux.
Un orage survint, dont la juste colère
Frappant les cimes des ormeaux,
Joncha la terre de rameaux.
Blottis dans le nid tutélaire,
Les pinsons ont gardé leurs pinsonnets tremblants,
Tandis que des moineaux l'innocente couvée
En son fragile abri ne put être sauvée,
Et le sol fut jonché de leurs débris sanglants.

Travailleurs, prenez confiance,
Un patient et courageux effort
Peut défier les orages du sort.
Le malheur suit l'imprévoyance.

Mais une autre moralité
Se dégage de cette histoire;
C'est que, même après la victoire,
On se perd par la vanité.

L'orage avait cessé. Les pinsons triomphants
Font retentir les bois de leur joie éclatante.
Rien ne peut arrêter leur fanfare insultante :
« Nous avons sauvé nos enfants,
Voyez l'infortune des autres !
Livrés à leurs bas appétits,
Ils n'ont rien fait pour leurs petits ;
Nous, nous avons sauvé les nôtres !
Bonne leçon pour les friquets !
Vivent le travail et l'adresse !
Les dieux punissent la paresse
Et confondent les freluquets. »
Imprudents, courbez donc la tête !
Voici, dans le sombre horizon,
Que recommence la tempête
Qui va vous mettre à la raison.
L'orage éclate avec furie :
Tout retentit de son fracas,
Dans leur maisonnette meurtrie,

Les pinsons trouvent le trépas.
Sous les coups d'un ciel implacable,
Les deux nids ont le même deuil,
Et la foudre divine accable
Et l'imprévoyance et l'orgueil.

VII

LE GOÉLAND ET LA FAUVETTE

Aux bords d'un rivage lointain
Le Goéland et la Fauvette
S'entretenaient de leur destin.
L'oiseau des vastes mers disait à la pauvrette :
« Ma chère, il faut quitter ces lieux tristes et froids.
Quand on peut s'appuyer sur deux ailes vaillantes,
La mer est sans courroux, l'orage sans effrois.
     Partons gaiement sur les vagues brillantes.
          Nous défierons les éléments,
          Les flots ont des secrets charmants ;
Des poissons, mets exquis, sont cachés dans leurs crêtes.
     Nous plongerons dans leurs sombres retraites ;
          Puis, remontant dans le ciel bleu,
Nous goûterons l'azur et le soleil de Dieu.
L'aventure, pour vous, sera vraiment nouvelle,

Demain soir, en quelques coups d’aile,
Vous chanterez sous d’autres cieux,
Cieux embaumés, cieux merveilleux,
Où les chants sont plus purs, et l’amour plus fidèle. »
Ainsi parla le goéland :
La fauvette à tête légère
Trouva le projet excellent ;
Mais l’imprudente passagère
Ne vit pas la rive étrangère.
Les flots, les vastes flots épuisent son essor.
Son ami lui disait : « Prenez-moi pour modèle,
Voyez comme en jouant je donne ce coup d’aile.
Courage, ma petite! allons! courage! encor!
A l’aube nous verrons une île. »
Tout ce conseil fut inutile,
Elle volait plus bas, plus bas....
Une vague fit son trépas.

Goélands, mes amis, soyez ce que vous êtes;
Gardez votre vaillance et votre puissant vol.
Et vous, les petites fauvettes,
Prudemment, restez près du sol.

VIII

LE PAPILLON.

Au soleil du printemps, parmi les fleurs nouvelles,
  Un papillon, aux éclatantes ailes,
    Faisait cent tours capricieux.
    Leste, pimpant, gaillard, joyeux,
Il avait pour toujours délaissé l'étui sombre
    Où l'hiver l'avait enfermé.
Très satisfait de lui, riche d'espoirs sans nombre,
    Il aimait, il était aimé.
Or comme il butinait dans les buissons de roses
    Aux corolles fraîches écloses,
    Il aperçut avec effroi
Un animal rampant traînant un corps informe.
« O Jupiter, dit-il, le monstre affreux! Pourquoi
Avoir ainsi souffert cette laideur énorme

Qui s'aventure près de moi? »
Or l'animal rampant était une chenille;
Et l'ingrat avait oublié
Qu'au temps jadis, dans sa coquille,
Il n'était pas mieux habillé.
Mais Jupiter punit l'orgueil de l'infidèle;
Car un moineau vengeur, passant à tire d'aile,
D'un coup de bec happa le papillon léger.
Ce fut un excellent manger.

Si la morale était à faire,
Je dirais que les parvenus...
Mais je crois qu'il vaut mieux se taire :
Ils se sont déjà reconnus.

IX

L'ABEILLE ET LE LÉZARD.

Chauffant sa paresse au soleil,
Un petit lézard sans malice
Dormait sur un vieux mur son paisible sommeil.
Mais le sort lui gardait un terrible supplice;
Car un enfant passait — cet âge aime le mal —
Qui, voyant endormi l'imprudent animal,
Le saisit prestement, et, fier de sa conquête :
« Ah! je te tiens, méchante bête,
Ne cherche pas d'asile aux fentes de ton mur;
Tu seras sous cloche, en lieu sûr...
Pourtant tu n'auras pas une existence rude,
Car, dans ton étroit cabanon,
Pour adoucir ta servitude,
Je te réserve un compagnon. »

Ce fut une abeille étourdie
Qui, par la rosée alourdie,
Vint tomber juste sous la main
De notre triomphant gamin.
Voici donc enfermés le lézard et l'abeille :
L'enfant ravi les regarde un instant.
La nouveauté, c'est la merveille,
Mais elle paraît déjà vieille,
Quand un plaisir nouveau près de là nous attend.
A peine est-il parti, qu'une fureur guerrière
Pousse nos deux captifs à des combats affreux,
L'un et l'autre touchait à son heure dernière,
Et la fatalité planait déjà sur eux.
Devons-nous raconter ces crimes?
L'abeille, entre les dents cruelles du lézard,
Distille en expirant le venin de son dard.
Et le soleil couchant éclaira deux victimes.

La sotte engeance, direz-vous,
Qui, dans le dur cachot dont l'ombre les enserre,
Au lieu de s'entr'aider, se perdent par la guerre!
Mais les humains sont-ils pas aussi fous?
N'est-ce pas un cachot que cette infime terre,
Où nous enferme un dieu jaloux?
Si nos espoirs sont grands, nos forces sont petites,
L'espace et l'avenir ne nous sont pas permis,
Et nul ne peut franchir les étroites limites
De ce grain de poussière où le sort nous a mis.
Et pourtant, ô mortels ignares!

Nains, qui prenez dans les cieux éclatants
Si peu de place avec si peu de temps,
Vous vous usez en massacres barbares.
　　Misère, maladie et mort
　　S'acharnent sur vous sans relâche,
Et vous semblez n'avoir pas d'autre tâche
Que d'enrichir les cruautés du sort.
　　Comptez le sang, comptez les larmes
　　Qu'ont fait répandre vainement,
　　Pour des colères d'un moment,
　　Vos haines, vos luttes, vos armes...
Eh bien, soit, poursuivez; qu'importe au firmament?
Nos douleurs ne font rien à l'éclat de l'aurore!
　　Nos deuils ne troublent pas l'azur!
Sang et larmes, coulez, coulez, coulez encore,
　　Le ciel n'en sera pas moins pur.

X

LE CORBEAU ET LE PERROQUET.

Un perroquet charmait par son ramage
Un maître généreux qui, l'entourant de soins,
        Prévenait les moindres besoins
        De son ermite au vert plumage.
Mais l'ermite, un beau jour, devint silencieux.
        Ce n'était pas son habitude :
Quel souci pouvait mettre une ombre dans ses yeux,
        Sinon l'affreuse solitude ?
        Ce fut un corbeau qu'on donna
        Pour compagnon au solitaire.
Certe une perroquette eût paru moins austère ;
        Mais on donne ce que l'on a.
    C'était, d'ailleurs, un corbeau d'importance,
        Des plus gaillards, des plus dispos,

De noble mine et de belle prestance,
    Grand seigneur parmi les corbeaux.
En sautillant il vient prendre sa place,
Mais Vert-Vert lui répond d'un regard indigné,
Vert-Vert est mécontent, Vert-Vert fait la grimace,
    Vert-Vert prend un air rechigné :
« Qu'est ceci, gronde-t-il, veut-on me faire injure?
    Mon maître a donc perdu l'esprit
    Pour m'imposer ce noir bandit,
    Ce cannibale, ce maudit,
    Dont l'aspect seul est un fâcheux augure?
    J'ai déjà perdu l'appétit
Rien que pour avoir vu sa vilaine figure.
    Un oiseau noir, quelle pitié!
Chez nous un croque-mort est moins mal habillé.
Il empeste à plein nez l'odeur de la charogne,
    Même, je crois, l'impertinent
    Me dévisage sans vergogne;
    Je suis compromis maintenant.
    A quoi me sert mon beau langage,
    Mon langage de perroquet,
    Si l'on me donne dans ma cage
    Pour compagnon ce paltoquet?
Non! non! je ne veux point d'un pareil voisinage. »
A son tour le corbeau, sans nul ménagement,
    Daubait son nouveau camarade :
    « Le ridicule accoutrement!
Pour porter ce costume il faut être malade.
    Ventre de biche! un oiseau vert!

Les plumes dont il est couvert
Feraient une bonne salade.
Cet œil hagard, ce pied fourchu,
Ce gros bec difforme et crochu,
L'assemblage en est vraiment rare!
Et c'est à moi qu'on veut imposer ce barbare!
Ce saltimbanque tout bossu !
Chez nous le monde est plus cossu,
Il vient de loin ; mais on se pique
D'être plus difficile ici qu'en Amérique.
Qu'il retourne dans ses pampas,
Ce sont individus qu'on ne fréquente pas ! »

Vanité des oiseaux, c'est vanité des hommes ;
Ils sont aussi sots que nous sommes.

XI

L'ANE.

Brûlé par les rayons d'un soleil exécrable,
Roué de coups, buttant à chaque pas,
Un âne s'indignait de son sort misérable,
Et d'un malheur qui ne se lassait pas.
Sur son dos criblé de blessures,
Le bât faisait de rouges meurtrissures.
Il souffrait de la soif, il souffrait de la faim.
Pas un ami dans son chemin.
Pourtant, il avait l'âme tendre;
Comme un autre, il eût su comprendre

L'amour charmant ou la douce amitié.
Mais il n'avait, en héritage,
Recueilli, pour tout avantage,
Que les propos railleurs et la froide pitié.

« A quoi bon, disait-il, cette longue torture?
Maudit le jour où je suis né!
Un être plus infortuné
Ne se trouverait pas dans l'immense Nature. »

Comme il disait ces mots, il aperçoit soudain
De rouges fruits dans une haie,
Affreux poison, trépas certain...
Mais la mort n'a rien qui l'effraye,
C'est le salut, si c'est la fin.
Il y porte la dent, il chancelle, il succombe...
Mais, poursuivi par un funeste sort,
Il n'eut pas la paix dans la tombe,
Ni le silence dans la mort.
Comme il gisait, carcasse infime,
Sur la grande route étendu ;
Un passant s'écria : « Mais c'est vraiment un crime
Que de laisser ce bien perdu ! »
Voilà la peau du sire aussitôt emportée.
Avec art elle est apprêtée,
Un rond de cuivre en fait le tour :
C'est un tambour.

Et la pauvre dépouille usée,
Victime d'un destin jaloux,
Soir et matin martyrisée,
Gémit et pleure sous les coups.

XII

LA FOURMI ET LA CIGALE.

Ayant amassé maint trésor,
La fourmi dut enfin payer à la Nature
L'impôt de toute créature;
Elle expira sur un tas d'or.
Non loin de là, la cigale joyeuse
Chantait encore, et, vaillamment,
Du noir trépas insoucieuse,
Rendait l'âme au même moment.

Cependant, des splendeurs de la voûte azurée,
Le souverain de l'Empyrée
Fait comparaître devant lui
Ceux dont le sort ici-bas se termine.
C'était la cigale aujourd'hui
Avec la fourmi sa voisine.
« Çà, demanda le Dieu, cigale, réponds-moi :
Qu'as-tu fait de bon sur la terre?
Raconte-nous, sans nul effroi,
Ton existence solitaire. »
— « Sire, soyez clément, dit le pauvre animal;
Je n'ai jamais rien fait de mal :
Sur le bord des routes poudreuses,
Aux amoureux, aux amoureuses,
Je répétais mes gais refrains.
J'ai dissipé bien des chagrins;
Mais mon bagage est très modeste,
L'amour et les chansons ont fait du tort au reste;
Je n'ai connu le labeur ni l'effort.
Que votre sagesse décide;
Je riais tout à l'heure aux portes de la mort,
Seigneur, et je suis pauvre, et ma besace est vide. »
— « A toi, fourmi, parle à ton tour! »
La fourmi dit : « J'ai confiance.
Je n'ai connu ni les chants, ni l'amour,
Mais la bâtisse et la finance.
J'ai souffert, lutté, voyagé,
Amassé, construit, ménagé;
Des caves jusqu'aux toits mon logis étagé

Dans un ordre admirable est partout arrangé.
    Nuit et jour j'étais à la tâche,
      Et, sans relâche,
Je courais dans les bois par toutes les saisons.
    Je possède quatre maisons.
J'espère qu'on saura récompenser ma peine,
Seigneur, car je suis riche, et ma besace est pleine. »
Jupin, embarrassé, se gratta le menton :
    « Le cas est grave, par Pluton!
Eh bien, faites chez nous ainsi que sur la terre,
    Madame la propriétaire,
    Vous tiendrez le ménage ici...
    Toi, cigale, pas de souci.
    Je veux que ta chanson me plaise,
    Tu t'amuseras à ton aise. »

La fourmi, paraît-il, murmura quelque peu.
Mais que peut-on répondre au jugement d'un Dieu?

Comme je racontais à mon fils cette histoire,
— C'était une imprudence, et ma faute est notoire, —
Il réfléchit d'abord, et puis, sans sourciller :
« C'est donc qu'il est permis de ne pas travailler? »
Sa mère alors reprit, avec un doux sourire :
« C'est autre chose, enfant, que ton père veut dire.
Le travail, c'est la joie et la force ici-bas;
Mais force sans douceur, cela ne suffit pas.

La fourmi travailleuse est méchante personne.
Dans ses greniers jaloux elle gardait son bien,
La cigale chantait; mais son âme était bonne.
Elle était généreuse, et le reste n'est rien. »

XIII

L'ENFANT ET LE PETIT CHIEN.

« Mon père, apprenez-moi ce qu'il faut que j'invente
    Pour soulever sans trop d'effort
Cet énorme fardeau dont le poids m'épouvante!
    N'est-il donc pas un moyen d'être fort?
— Ce moyen, mon enfant, tu le sauras peut-être;
C'est un secret qu'un jour je te ferai connaître.
    Mais aujourd'hui l'heure n'a pas sonné.
    En attendant, prends ce chien nouveau-né,

Et, jusqu'au bourg voisin dont tu connais la route,
    Sans ralentir ou sans presser le pas,
        Porte-le dans tes petits bras.
Cette charge n'est pas trop pesante sans doute?
— Non, certes; mais pourquoi, tout le long du chemin,
M'embarrasser d'un chien dont je n'ai point affaire?
— Obéis-moi d'abord, et tu verras demain,
        Mon bon ami, ce qu'il faut faire. »
        Le lendemain rien n'est changé,
        Car il est encore exigé
        Que le marmot, coûte que coûte,
        Chemine sur la même route,
Avec le même chien mêmement dans ses bras,
Et puis les jours suivants, au chaud, à la froidure,
        C'est toujours la même aventure;
        Et vainement l'enfant murmure;
        Le père ne plaisante pas.
Pendant huit mois entiers chaque jour cela dure.
        Cela dure tant et si bien
Que notre nouveau-né n'est plus un petit chien,
Mais un dogue imposant, de puissante stature,
Et l'enfant le portait, sans qu'il y parût rien.

La charge aux premiers jours aurait été trop rude,
Mais le père savait le prix de l'habitude.
        C'est l'art de vaincre sans effort,
De mener sans péril le navire à bon port,
        C'est la vertu! c'est le courage!

Celui qui sait en faire usage
Pour dompter les penchants mauvais,
Se donne alors à peu de frais
L'âme d'un héros et d'un sage.

XIV

L'HOMME ET LE CAILLOU

Il se tenait assis sur le bord du chemin,
  Et, le pied nu dans la poussière,
Irrité, contemplait une petite pierre,
  Qu'il avait prise dans la main.
« Misérable caillou perdu dans ma chaussure,
  Oser ainsi s'en prendre à moi,
Et me faire au talon cette noire blessure,
  Que je ne puis regarder sans effroi.
  Infime objet, apprends à me connaître!
J'étais le messager des paroles du maître...
  Là-bas, le grand Vizir m'attend,
Et le peuple anxieux, éperdu, palpitant,
  Depuis quatre grands jours soupire.
Je portais avec moi le salut d'un empire!

Et me voici dans ma course arrêté,
Par ce lâche caillou sous mon talon planté.
Un caillou; c'est ce qui m'enrage!
Encor si, pour tenter la force de mon cœur,
Quelque obstacle se fût offert à mon courage,
Digne de trouver un vainqueur.
Abîme affreux, roche escarpée,
Aigle, vautour, serpent, lion,
Barbares affrontant le choc de mon épée...
Hélas! c'est le rebut de la création,
C'est un fragment sans nom, un néant ridicule,
Atome s'attaquant à la force d'Hercule! »

Comme on le pense bien, le caillou resta coi.
Que de choses pourtant il aurait pu répondre!
Mais son silence dut confondre
L'homme, ce fantôme de roi.
Fantôme vaniteux, qui, dans sa courte vie,
Croit avoir possédé la nature asservie.
Prétendre à tout, forcer les ondes et le vent
A guider son esquif sur le désert mouvant.
Aux cieux, aux vastes cieux arracher quelques voiles!
Approfondir le cours des lointaines étoiles!
De la machine humaine entr'ouvrir le ressort,
Et fouiller les secrets mystères de la mort!
Des pics neigeux franchir les cimes,
Arracher la foudre aux éclairs,
Et chercher au sein des abîmes
Ce que cache l'azur des mers!

Pauvre roi, n'es-tu pas plus fugitif qu'une ombre?
Ta vie est comme un flot qui palpite un instant,
Courant avec fureur contre le rocher sombre
Qui dans la nuit se dresse, immobile, et l'attend.
L'homme, ainsi que le flot, disparaît dans un rêve.
La pierre peut braver ses efforts superflus,
A peine a-t-il paru que son destin s'achève ;
Il accourt, il bondit, il s'efface, il n'est plus.

XV

LA CIGOGNE ET LE RENARD

Madame la Cigogne et monsieur le Renard,
Oubliant les erreurs d'une antique querelle,
    Où chacun avait quelque part,
Se prirent, étant vieux, d'une amitié fidèle,
Et même ils se rendaient visite chaque jour,
Si bien qu'on en jasait dans les bois alentour.
La dame au bec pointu racontait ses voyages,
    Ses vols hardis dans les lointains parages.
Elle avait visité tant de peuples divers,
Vu tant d'étranges toits, parcouru tant de mers,
    Planté sa tente en de si beaux rivages.
    L'autre écoutait sans souffler mot.
    Un soir pourtant il dit : « Ma chère,

Au risque de passer à vos yeux pour un sot,
Dans ces riches pays fîtes-vous bonne chère?
    A vos récits certes je me complais;
Mais là-bas, dites-moi, comment sont les poulets?»

XVI

JUPITER ET LE PAYSAN.

Au bon temps, quand les dieux causaient avec les hommes,
     Un laboureur disait un jour :
« Vois, ô grand Jupiter, la misère où nous sommes.
Je ne puis féconder de mon rude labour
Qu'un champ dont mes deux mains feraient presque le tour.
     Si ta clémence souveraine,
     Voulait, pour me tirer de peine,
Jeter sur ma détresse un regard indulgent!
   De mes désirs je ne fais point mystère!
     Je ne demande point d'argent,
     Mais un lopin de bonne terre.
     C'est assez pour me satisfaire;
   On ne saurait être moins exigeant. »
Ce jour-là Jupiter était d'humeur à rire.

« Oui-dà, dit-il au pauvre sire,
   Si c'est du travail que tu veux,
   Ami, je m'en vais te conduire
   Dans un pays selon tes vœux,
   Et je te fais propriétaire
   Non d'un chétif morceau de terre,
Mais de l'immense enclos dont tes pas en un jour
De l'aurore à la nuit pourront faire le tour. »
Il dit, et disparaît au profond de la nue.
   Quant au rustre, il est transporté
   Dans une contrée inconnue
Débordant de richesse et de fertilité :
   « Par le ciel, ce n'est pas un rêve.
   Ce sont bien des champs que je voi,
   Et, si je marche un jour sans trêve,
Ces blés, ces gerbes d'or, ces foins, tout est à moi.
   Hardi, bonhomme, et mettons-nous en route !
   Devant l'Olympe qui m'écoute,
Je saurai mériter ma fortune aujourd'hui ! »
Et son regard parcourt la campagne profonde,
Les épis des grands blés s'agitent comme l'onde,
   Qui frissonne au souffle du vent.
De sa vaste fortune il ne voit pas le terme.
Et, le cœur plein d'espoirs, d'un pas sonore et ferme,
   Il s'élance en avant.
   Il marche, marche et marche encore.
   Et déjà ce n'est plus l'aurore,
   Mais, sur la voûte du ciel bleu,
Phébus darde au zénith sa lumière de feu.

« Encor ce champ fertile, encor cette prairie !
        A moi ces trèfles que voilà !
Ma fortune serait par moi-même amoindrie,
        Si je n'allais pas jusque-là ! »

Et toujours le soleil poursuivait sa carrière,

Notre homme jette enfin un regard en arrière,
Là-bas, là-bas, bien loin est le point de départ !
        Grands dieux ! s'il arrivait trop tard !
    Il court alors, il court à perdre haleine
D'un pas précipité dans la trop longue plaine.
Son cœur tumultueux palpite lourdement.
Mais, s'il atteint le but, qu'importe le tourment ?
Il voit avec terreur le soleil qui s'abaisse...
« Plus vite... encor plus vite... A moi ! C'est la richesse ! »
Mais l'imprudent, brisé par ce suprême effort,
        Sur sa richesse tombe mort.

XVII

LES GOUJONS.

Sous le miroir calme d'un lac
Des goujons gémissaient de leur vie agitée
    Par certain pêcheur infestée :
  « Il a juré de tous nous mettre à sac.
  Chaque matin dès l'aurore il arrive,
    S'assied au penchant de la rive,
Et, suspendant sur nous ses objets tentateurs,
Enlève impudemment nos frères et nos sœurs.
Eh bien, pour arrêter son infernale rage,
Amis, que nous faut-il? Rien qu'un peu de courage.

Contre ces noirs forfaits en vain nous protestons.
Nous pouvons dérouter les machines des hommes.
        Ne soyons pas ce que nous sommes.
Imposons le silence à nos désirs gloutons,
        A la vilaine gourmandise,
        Et que chacun de nous se dise
        Qu'il fuira loin de ces traîtres appas.
Moi, par le Dieu des mers, je n'y toucherai pas. »
        Telles étaient les plaintes indignées,
        D'un vieux goujon blanchi par les années.
        Il parlait fort éloquemment,
Et le peuple des eaux s'étouffait pour l'entendre.
A renchérir sur lui chacun voulut prétendre.
On fit mainte harangue; on prêta maint serment,
        Maint solennel engagement...
Cependant on touchait au moment de la crise.
La ligne du pêcheur flottait entre les eaux.
L'amorce, ce jour-là d'une saveur exquise,
        Se balançait dans les roseaux.
Nos vertueux goujons d'abord ont pris la fuite.
Mais l'un d'eux se retourne, et s'arrête un instant,
        Un autre en fait autant,
        Un troisième l'imite.
L'orateur des goujons vient lui-même à leur suite.

        Et voilà, comme au premier jour,
        La troupe à volonté légère
        Faisant ses ébats à l'entour
        De la pâture mensongère.

Aucun n'y résista, si bien que sans effort
Le pêcheur, aggravant ses crimes,
Put amener sur le funeste bord
Quelques douzaines de victimes

TABLE